L'ESPIONNE

fonde son club

Marie-Aude Murail a écrit plus de 80 livres qui ont reçu des dizaines de prix et été traduits dans de nombreux pays. Elle est principalement publiée chez Bayard, à L'École des Loisirs et chez Pocket. Son travail pour la jeunesse lui a valu d'être faite chevalier de la Légion d'honneur. Pour en savoir davantage : www.marieaudemurail.com

Frédéric Joos est un illustrateur autodidacte. Il a appris son métier en dessinant dans des petits carnets, un peu comme ceux de l'Espionne. Il pourrait d'ailleurs faire partie de son club : observer la vie et les gens, et les représenter dans des carnets top secrets, ça ressemble beaucoup à de l'espionnage…

Histoires publiées originellement dans le magazine *J'aime lire*
© 2001, Bayard Éditions Jeunesse pour les deux premières enquêtes
sous les titres *L'Espionne* et *L'Espionne fonde son club*
© 2002, Bayard Éditions Jeunesse pour les deux dernières enquêtes
sous les titres *L'Espionne sauve la planète* et *L'Espionne joue à l'espion*
© 2008, Bayard Éditions Jeunesse pour la présente édition
Dépôt légal : juillet 2008
ISBN : 978-2-7470-2688-8

Loi n°49 956 du 16 juillet 1949
sur les publications destinées à la jeunesse
Imprimé en France

Marie-Aude Murail

L'ESPIONNE
fonde son club

Illustré par Frédéric Joos

BAYARD JEUNESSE

PREMIÈRE ENQUÊTE

Où l'Espionne passe à l'action

« Je connais le mot "déduction" parce que, comme métier plus tard,
je veux faire espionne. Mon frère m'appelle 007, comme James Bond. »

1

007 EN FAMILLE

Ce mardi-là, je suis rentrée à la maison désespérée. J'avais eu 2 sur 10 en conjugaison. Pourtant, j'avais tout bien trouvé le passé composé des verbes : « nous avons allés, j'ai tombé ». Mais madame Maillard a écrit sur ma feuille : « C'est à revoir ! » Elle n'est jamais contente, cette maîtresse !

J'ai posé ma feuille de conjugaison sur mon bureau. Le plus ennuyeux, c'est que madame Maillard veut que les parents signent les contrôles. Papa allait encore faire des histoires parce que je regarde trop *Fantômette* à la télévision au lieu d'apprendre mes leçons. Et si j'imitais la signature de maman ?

J'ai entendu claquer la porte d'entrée. J'ai cru que c'était maman. Hop, j'ai caché ma feuille de contrôle dans ma bande dessinée de *Boule et Bill*. Tout de suite après, j'ai réfléchi que ça ne pouvait pas être maman. Il était trop tôt. Ce n'était pas non plus ma sœur.

Je l'entendais rire avec sa copine de l'autre côté de mon mur. Alors, par déduction, je me suis dit que c'était mon frère aîné. Je connais le mot « déduction » parce que, comme métier plus tard, je veux faire espionne. Mon frère m'appelle 007, comme James Bond.

Je m'entraîne souvent à espionner. Ce mardi, je suis ressortie de ma chambre sur la pointe des pieds pour aller espionner ma sœur. Elle a treize ans. Elle s'appelle Alizée, mais mon frère l'appelle Boubouillasse. Souvent, Boubouillasse parle des garçons de sa classe avec sa copine. C'est très, très intéressant.

Le couloir était tout noir. Mais je m'entraîne aussi à marcher dans le noir. Les espions se retrouvent souvent dans des caves ou des tunnels. Malheureusement, ma sœur avait laissé traîner son sac à dos devant sa chambre. Je me suis pris les pieds dedans. Je suis tombée sur la porte et je l'ai ouverte sans le faire exprès.

L'ESPIONNE FONDE SON CLUB

Ma sœur était assise en tailleur avec sa copine. Elle s'est levée d'un bond en criant :

— Qu'est-ce que tu fais là ? Tu arrêtes d'espionner !

Elle s'est retournée pour cacher ce qu'elle avait dans la main. Mais j'ai un œil bionique. J'ai vu que c'était une cigarette.

— Tu as peur de ta sœur ? s'est moquée sa copine.

Elle avait aussi une cigarette à la main. Elle a envoyé la fumée en l'air pour faire sa belle, et elle a dit :

— Moi, mes parents sont au courant.

— Moi, si mon père le sait, il m'assassine, a répondu Boubouillasse.

007 EN FAMILLE

Elle a agité la main devant elle comme si elle voulait me claquer :

— Alors, toi, hein ? Tu la fermes !

J'ai dit :

— Je ne dénonce jamais.

C'est vrai. J'espionne, mais je garde pour moi. D'ailleurs, tous les espions font comme ça.

Je suis ressortie de la chambre de ma sœur. Dans le couloir, j'ai entendu la musique de samba que Noël écoute tout le temps. Mon frère s'appelle Noël, comme la fête. Il est complètement fou. Et, en plus, il a dix-neuf ans. Et, en plus, il est beau.

J'allais retourner dans ma chambre quand j'ai entendu un rire qui venait de chez Noël. Un rire très, très intéressant. J'ai posé mon oreille contre la porte comme fait le docteur pour ausculter. Mais ce n'était pas mon jour de chance pour l'espionnage. Mon frère avait mal refermé sa porte, et elle s'est entrouverte dès que je l'ai touchée. Noël était avec une fille que je ne connaissais pas, et il l'embrassait comme à la télé. Quand il m'a vue, il s'est écarté de la fille :

— 007 ! Tu fiches le camp !

Il m'a refermé la porte au nez. Très, très intéressant, le métier d'espion.

2

BOUBOUILLASSE EN DANGER

Le jeudi suivant, j'ai appris une nouvelle terrible pour ma sœur. Elle était en danger. C'est la dame de la Prévention qui est venue dans notre classe nous parler du danger.

— Vous êtes en CM1, et vous n'avez sans doute jamais touché à une cigarette. Je vais donc vous expliquer pourquoi vous avez tout intérêt à ne jamais essayer de fumer.

Elle a fait une expérience très, très intéressante avec une poire qui aspire la fumée d'une cigarette. Après, la poire recrache la fumée dans un coton, et le coton devient tout noir !

BOUBOUILLASSE EN DANGER

— Voilà à quoi ressemblent les poumons d'un fumeur, a dit la dame de la Prévention en nous montrant le coton dégoûtant.

Tout le monde a fait : « Ouahhh ! » et, moi, j'ai pensé aux poumons de Boubouillasse. J'ai levé la main.

— Oui, Romarine ? a fait la maîtresse. Tu veux savoir ?

Madame Maillard m'appelle par mon vrai nom, Romarine. J'ai demandé :

— C'est pour savoir si on peut encore respirer avec des poumons tout noirs, ou si on est mort ?

L'ESPIONNE FONDE SON CLUB

La dame de la Prévention m'a expliqué qu'on pouvait avoir plein de maladies avec la cigarette, des angines de la poitrine et des cancers du poumon. La vraie catastrophe, quoi. Ce qui m'a achevée, c'est quand elle a dit :

— Plus on commence à fumer jeune, plus on est menacé. Tu connais peut-être des jeunes qui fument autour de toi ?

Elle essayait de me faire parler. Elle ne savait pas que je m'entraîne au métier d'espion. J'ai dit : « Non, non » d'un ton très naturel.

BOUBOUILLASSE EN DANGER

Quand je suis entrée dans le salon de ma maison, j'avais la tête toute pleine des explications sur la cigarette. Et là, horreur ! j'ai vu ma sœur, assise sur la moquette avec sa copine, et qui fumait en regardant la télé. J'ai crié :

— Mais tu es folle ou quoi ?

— Oh, arrête, a fait Boubouillasse. Je vais aérer après. Papa ne s'apercevra de rien.

— Mais c'est pas ça ! Ça donne le cancer, de fumer !

La copine de ma sœur s'est mise à ricaner. J'étais folle furieuse.

— Mais si, c'est vrai ! C'est la dame de la Prévention qui l'a dit à l'école !

Comme l'autre idiote rigolait toujours, je me suis jetée sur ma sœur pour lui enlever sa cigarette. Boubouillasse est tombée à la renverse. Et là, re-horreur ! sa cigarette a roulé par terre. Elle a fait un méga-trou sur la moquette beige toute neuve ! On est restées toutes les trois immobiles et la bouche ouverte.

— Quel bon génie vous a changées en statues de sel ? a dit une voix dans notre dos.

BOUBOUILLASSE EN DANGER

C'était Noël. Ma sœur s'est mise à répéter : « Qu'est-ce qu'on va dire ? Qu'est-ce qu'on va dire ? » comme un perroquet zinzin.

Noël a examiné le mégatrou à côté du canapé, puis il a décidé :

— On va mettre un des fauteuils pour cacher le trou.

— Super ! ont crié les deux filles.

On a déplacé le fauteuil. Il n'y avait plus qu'un petit problème : le fauteuil était collé au canapé.

— On va pousser le canapé, a proposé mon frère.

— OK, ont fait les deux filles, un peu moins contentes.

Mais là, du coup, il y avait un autre petit problème : le canapé n'était plus en face de la télévision. Donc, on a poussé le meuble de la télé, mais on a dû aussi reculer la lampe qui était à côté.

J'ai remarqué :

— La lampe est trop près de la table, maintenant.

Donc, on a poussé la table, mais une des chaises s'est retrouvée dans le couloir. Les filles étaient catastrophées, et Noël était mort de rire. Moi, je ne savais plus si c'était drôle ou si c'était affreux.

— Je vais mettre la chaise dans ma chambre, a dit Noël. Depuis dix minutes, j'ai besoin d'une autre chaise.

Le soir, papa a eu l'air surpris en regardant autour de lui.

— Mais qu'est-ce que c'est, tout ce chambard ?

Maman n'était pas au courant. Elle a regardé aussi autour d'elle. Ma sœur était toute rouge.

— Ah oui, a fait Noël, je ne vous ai pas dit ? Je veux être architecte d'intérieur. Je vais déménager tout l'appartement pour m'entraîner.

Papa a regardé maman :

— Il est fou ?

— C'est ton fils, mon chéri, a dit maman.

3

007 PASSE À L'ACTION

Le lendemain, j'avais deux soucis graves. Le premier, c'était Boubouillasse. D'un côté, je ne pouvais pas la dénoncer à papa parce que ce n'est pas prévu dans le métier d'espion. D'un autre côté, je devais l'empêcher de se faire des poumons tout noirs.

L'ESPIONNE FONDE SON CLUB

Comme autre souci grave, j'avais mon contrôle de conjugaison qui avait disparu.

Si je ne le rapportais pas lundi à la maîtresse, j'étais morte. J'ai demandé à Boubouillasse :

— Tu n'as pas vu un papier qui traînait avec des conjugaisons dessus ?

Elle m'a répondu qu'elle s'en moquait complètement. J'ai soupiré. D'habitude, quand je perds quelque chose, je pleure, et maman cherche à ma place.

Mais là, ce n'était pas possible parce que j'avais fait sa signature sur le contrôle. Les espions imitent les signatures, non ? Mais, dans *Fantômette*, ce sont plutôt les méchants espions qui le font.

007 PASSE À L'ACTION

Le soir, j'ai repensé à mon contrôle. Ma sœur était très capable de me le cacher, rien que pour se venger du trou dans la moquette. Il fallait que je fouille sa chambre. J'ai mis mes gants de ski pour ne pas laisser d'empreintes, et j'ai attendu que Boubouillasse aille dans la salle de bains faire sa toilette. Elle en a toujours pour une heure.

L'ESPIONNE FONDE SON CLUB

Dans le noir et sur la pointe des pieds, je suis allée jusqu'à sa chambre. J'ai allumé ma lampe de poche. C'est un porte-clefs-lampe de poche, qui fait juste un minuscule rond de lumière. En plus, les gants de ski, ce n'est pas très pratique pour fouiller.

J'ai soulevé des classeurs, l'agenda de textes, la trousse.

007 PASSE À L'ACTION

Tout d'un coup, dans le deuxième tiroir du bureau, sous le cahier d'anglais, j'ai trouvé… le paquet de cigarettes. Vite, je l'ai pris. Vite, je suis ressortie. Vite, je l'ai caché sous mon oreiller. Hou, cette peur ! Je me suis mise à rire. Mais c'était nerveux.

Le lendemain, j'étais assez contente en revenant de l'école. Madame Maillard nous avait interrogés sur les dangers de la cigarette. J'avais eu 10. Mais ça ne me rendait pas mon contrôle de conjugaison.

Au salon, mon frère était dans le fauteuil, celui qui cache le trou. Il lisait *Boule et Bill*. J'ai tout de suite crié :

— Dis donc, ne te gêne pas ! C'est MA bande dessinée !

— Oui, a répondu Noël, et ça, c'est TON contrôle !

Il m'a montré une feuille de papier :

— C'était dans la bande dessinée… Pas terrible, ton imitation de signature.

Je l'ai regardé de travers. Il allait me dénoncer ou quoi ? Mais j'avais un moyen de le faire taire.

— Tu sais, moi, je peux dire à papa pour la fille qui était dans ta chambre...

On s'est dévisagés, Noël et moi.

— Tu sais comment ça s'appelle, ce que tu fais ? m'a demandé mon frère.

Dans le dernier épisode de *Fantômette*, il y avait le Masque d'argent qui faisait du chantage. J'ai senti que j'allais pleurer. J'ai secoué la tête, et j'ai bougonné :

— Je ne dis jamais rien.

Noël m'a tendu ma feuille en récitant pour se moquer :

— J'ai tombé, tu as tombé...

Une fois dans ma chambre, j'ai pris mon effaceur d'encre et j'ai enlevé la fausse signature. Puis j'ai repensé à ma sœur. Le paquet de cigarettes ! Mes cheveux se sont dressés sur ma tête. J'avais oublié le paquet sous mon oreiller. J'ai regardé mon lit. Ce matin, il était défait. Là, la couette était remise. J'ai passé ma main sous l'oreiller. Plus rien ! J'ai marmonné :

– Super…

Et je me suis assise sur mon lit, complètement découragée.

4

NOËL À LA RESCOUSSE !

Au dîner, maman a posé la cocotte sur la table, et elle m'a regardée. Là, j'ai compris que ça allait mal se passer.

– Dis-moi, Romarine, tu pourrais m'expliquer ce que ce paquet faisait sous ton oreiller ?

Elle avait l'air plus étonnée que fâchée.

– Des cigarettes ! s'est écrié papa.

Lui, il avait l'air plus fâché qu'étonné. Oh là là, qu'est-ce que je fais ? Je dénonce ma sœur ? Un espion ne doit pas dire ce qu'il sait. Mais je n'avais pas trop envie d'être punie à la place de Boubouillasse.

— Mes cigarettes ! s'est exclamé Noël. Je les ai cherchées partout.

Il s'est tourné vers moi en clignant discrètement d'un œil.

— Je parie que tu voulais m'empêcher de fumer ? m'a-t-il demandé.

— Parce que tu fumes ! lui a dit papa, le ton pas content du tout.

Maman lui a fait remarquer que son fils avait dix-neuf ans.

— Mais bien sûr ! a dit papa, encore moins content. Il a dix-neuf ans ! Il fait ce qu'il veut ! Architecte d'intérieur, fumeur !

NOËL À LA RESCOUSSE !

Tu sais de quoi il est mort, ton oncle ? De deux paquets de cigarettes par jour ! Il avait commencé à quatorze ans.

Boubouillasse avait mis les deux mains sur sa figure. Je me suis demandé si elle pleurait ou si elle riait.

— Ne t'énerve pas, a dit Noël à papa. J'ai décidé d'arrêter de fumer.

J'ai entendu Boubouillasse qui reniflait derrière ses mains.

— C'est bien, a dit papa, un peu calmé. Mais, tu sais, ça n'est pas facile d'arrêter.

— J'y arriverai parce que je l'ai promis, a répondu Noël.

Et il a ajouté en détachant bien les mots :

— Je l'ai promis à ma copine.

— Parce que tu as une copine ! s'est exclamée maman.

— Mais c'est normal, s'est moqué papa. Il a dix-neuf ans !

Les parents se sont mis à poser plein de questions à Noël. Et qu'est-ce qu'elle fait, ta copine ? Et comment elle s'appelle ? Boubouillasse a pu s'essuyer discrètement les yeux sur sa serviette.

— Elle est architecte d'intérieur, a répondu Noël. Elle s'appelle Groupie Dupneu.

Papa a regardé maman, l'air complètement raplapla :

— Il est vraiment fou.

Boubouillasse est partie d'un drôle de rire. Et moi aussi, je me suis mise à rire. Et Noël, et maman. Et papa.

— Je vous la présenterai dimanche, a promis Noël aux parents.

Moi, je la connais déjà, na, na, na ! Mais je ne le dirai pas.

5

LA FIN D'UN ESPION ?

Le dimanche, maman a voulu remettre les meubles du salon à leur place. Boubouillasse s'est affolée. Elle m'a dit à l'oreille :
— Si papa voit le trou de cigarette, il va criser !
Maman était déjà en train de pousser la télévision.
— Aidez-moi, les enfants ! Alizée, va chercher la chaise qui manque !

Puis elle est repartie à la cuisine préparer les amuse-gueule pour l'apéritif. Noël a soulevé le fauteuil. J'ai regardé le trou. Je ne me souvenais plus qu'il était aussi énorme.

— Attention, voilà maman, a murmuré Boubouillasse.

Elle a mis les pieds sur le trou. Maman a posé les petites saucisses et a regardé ma sœur :

LA FIN D'UN ESPION ?

— Va donc chercher la moutarde pour les saucisses.

Boubouillasse était en train de prendre racine. Alors, Noël a lancé :

— J'y vais !

— Et la chaise ? a demandé maman à ma sœur. Tu ne l'as pas rapportée ?

— Je ne l'ai pas trouvée ! a fait Boubouillasse de sa voix la plus geignarde.

— Mais quelle bûche, quand tu t'y mets ! a grommelé maman en s'éloignant dans le couloir.

Le problème, c'était que ma sœur n'allait pas pouvoir passer son dimanche les deux pieds sur le trou ! Noël est arrivé de la cuisine avec un petit bol de moutarde à la main.

— Pousse-toi, a-t-il dit à Boubouillasse.

Elle s'est poussée, et le trou est réapparu. Noël a pris une pleine cuillère de moutarde et il a vidé son contenu dans le trou de la moquette. Flic, flic. Puis il a recommencé avec une autre cuillerée. Flic, flic.

Boubouillasse et moi, on l'a laissé faire, épouvantées. Il a vidé tout le bol. Le massacre intégral. C'était tout marronnasse et gluant. Mais ça remplissait bien le trou.

LA FIN D'UN ESPION ?

Noël a hoché la tête comme s'il était embêté puis il s'est mis à crier :

— Maman ! Maman ! J'ai tombé !

Maman est arrivée, portant la chaise :

— Qu'est-ce que tu as fait… Oh, mon Dieu !

— Le mieux, a dit Noël, c'est de cacher la tache avec le fauteuil.

L'invitée est arrivée juste à la fin de notre deuxième déménagement. C'était bien la fille que j'avais vue dans la chambre de Noël. Super belle ! Elle nous a dit qu'elle s'appelait Arielle Monfort.

— C'est mieux que Groupie Dupneu, a remarqué papa avec un gros rire.

Arielle a eu l'air surprise. Je crois que Noël ne lui a pas donné de surnom idiot. Il est trop amoureux.

— J'espère que vous ne voulez pas être architecte d'intérieur ? a plaisanté papa, toujours avec son gros rire.

— J'espère bien le devenir. C'est le métier de mon père, a répondu Arielle.

Papa ne savait plus où se mettre. Pour finir, il s'est assis dans le fauteuil qui cache la tache qui cache le trou. J'ai pensé que c'était le bon moment pour lui faire signer mon contrôle.

J'ai couru jusqu'à ma chambre et j'ai rapporté ma feuille avec un stylo. Papa était en train de servir l'apéritif. Je lui ai mis mon contrôle sous le nez. Il a sursauté.

LA FIN D'UN ESPION ?

— Hein ? Une signature ? Ce n'est pas le moment, ma puce !

— Mais, après, je vais oublier…

Arielle m'a demandé en quelle classe j'étais, et si j'aimais l'école. Papa a regardé ma feuille et il a marmonné :

— « Nous avons allés. J'ai tombé. » Mais c'est n'importe quoi, ça…

Boubouillasse est venue à mon aide :

— Bon, tu signes, papa, et tu nous passes les saucisses ?

L'ESPIONNE FONDE SON CLUB

Papa a signé, puis il m'a regardée, les sourcils froncés :

— Tu me revois ton passé composé, toi ! Tu regarderais un peu moins la télévision, *Fantômette* et Cie, tu aurais plus de temps pour les leçons !

— Oh, je les ai tous lus, les *Fantômette* ! s'est écriée Arielle. Je voulais lui ressembler. Pas toi ?

Elle me regardait. Tout le monde me regardait. Comme si c'était vraiment important.

LA FIN D'UN ESPION ?

J'ai haussé les épaules, et j'ai répondu :

—Je suis quand même trop grande, maintenant.

Je me demande si je ne ferai pas architecte d'intérieur comme métier. Ça doit être très, très intéressant.

DEUXIÈME ENQUÊTE
Où l'Espionne fonde son club

« J'ai cinq amoureux dans ma classe de CM1. Mais comme on ne peut pas faire des clubs d'amoureux, je leur ai dit qu'on allait plutôt faire un club d'espions. »

1

NOTRE MISSION

J'ai cinq amoureux dans ma classe de CM1. Mais comme on ne peut pas faire des clubs d'amoureux, je leur ai dit qu'on allait plutôt faire un club d'espions.

Espion, c'est le métier que je veux faire plus tard. Donc, il faut que je m'entraîne.

L'ESPIONNE FONDE SON CLUB

J'ai aussi accepté Angelo dans mon club. Il n'est pas amoureux de moi, mais il veut être espion et champion de boxe thaïe*.

— C'est qui qui commande dans le club ? a demandé Angelo.

J'ai répondu :

— C'est personne.

Autrement, il allait vouloir être chef. J'ai expliqué à mes amoureux qu'il fallait qu'on change de nom pour être espion.

En vrai, je m'appelle Romarine. Mais quand je suis espionne, c'est 007, comme James Bond.

* La boxe thaïe est un sport de combat.

Angelo a dit :

— Moi, c'est « Personne ».

J'ai compris que c'était une astuce parce que j'avais dit que le chef, c'était personne. Angelo est très intelligent.

D'ailleurs, je n'ai pas tout dit sur Angelo. Il a des yeux un peu verts, un peu gris. Il pince les filles et il a des cheveux en hérisson avec du gel.

Les autres espions, c'est : Grégory numéro 1, Grégory numéro 2, Jean-Jacques, Mehdi et Emmanuel.

On a fait notre première réunion d'espions à la récré de la cantine, derrière les cabinets. On s'est mis en cercle pour cacher ce que j'ai sorti de mon cartable. C'était le petit magnétophone que j'avais piqué à ma sœur, Boubouillasse. J'avais enregistré notre première mission en prenant une voix d'inconnue. On a écouté l'enregistrement, accroupis en rond.

VOTRE MISSION… C'EST DE SAVOIR LE PRÉNOM… DE LA MAÎTRESSE … ET DE L'ÉCRIRE SUR… VOTRE CARNET D'ESPIONNAGE… DÉTRUISEZ CE MESSAGE ET … BONNE CHANCE…!

— Pas facile, a dit Grégory numéro 1, en faisant la grimace.

— Moi, je le sais déjà, le prénom de la maîtresse ! a dit Angelo.

On l'a tous regardé comme si c'était un extra-terrestre.

— C'est Colin, son prénom.

D'abord, on n'a rien dit. Puis Mehdi s'est mis à rigoler.

— Ha, ha, trop fort ! Colin…

Tout le monde s'est mis à rigoler. Notre maîtresse s'appelle madame Maillard. Alors, ça faisait Colin Maillard. C'était idiot comme blague. Je ne sais pas si je vais garder Angelo dans mon club.

Toutes les filles aiment Angelo. Je ne comprends pas pourquoi. C'est peut-être parce qu'il est beau et intelligent et fort et drôle ? Autrement, je ne vois pas.

2

NOTRE ENTRAÎNEMENT

À la maison, j'ai fabriqué des engins d'espionnage assez perfectionnés. Il y a l'engin de longue portée qui permet d'écouter les conversations à travers les murs. C'est un cornet en carton dont j'ai coupé le bout pointu. Et il y a l'engin de vision rapprochée que j'ai fait avec deux rouleaux de carton scotchés ensemble.

À notre deuxième réunion d'espionnage, j'ai apporté l'engin de vision rapprochée.

— C'est des rouleaux de papier WC, a dit Angelo en faisant une tête de dégoûté.

J'ai répondu :

— Ça va nous servir à espionner les maîtresses à la récré.

J'ai expliqué mon plan. Les maîtresses s'appellent sûrement par leur prénom quand elles parlent ensemble. Il suffit de les espionner

avec l'engin de vision rapprochée et on saura le prénom de madame Maillard.

— On verra les maîtresses, mais on ne les entendra pas, a remarqué Mehdi.

Là, j'ai montré que je pensais vraiment à tout :

— On va s'entraîner à lire sur les lèvres.

L'ESPIONNE FONDE SON CLUB

Pendant toute la récré, on a fait notre première séance d'entraînement. J'ai expliqué :

— Je vais articuler une phrase avec le prénom de la maîtresse, sans faire de bruit. Et vous allez deviner.

— Tu sais le nom de la maîtresse, alors ? a demandé Emmanuel.

Emmanuel est un peu lent du cerveau. J'ai dû expliquer mieux :

— C'est un faux nom pour l'entraînement.

J'ai articulé une phrase et j'ai demandé à mes espions :

— Alors, qu'est-ce que j'ai dit ?

Angelo a répondu :

— Tu as dit : « C'est vous qui avez pété, Claudine ? »

Tout le monde a rigolé. Ça n'était pas très drôle. En plus, j'avais dit : « Comment allez-vous, Catherine ? »

J'ai décidé qu'on allait s'entraîner tout seuls devant notre glace. J'ai expliqué lentement à cause d'Emmanuel :

— Vous articulez des prénoms devant la glace et vous voyez la forme que ça fait sur la bouche.

Angelo a commencé à dire des prénoms sans bruit, en faisant plein de grimaces horribles. Les deux Grégory l'ont imité en se demandant tout le temps :

— Et là, j'ai dit quoi ?

NOTRE ENTRAÎNEMENT

Moi, j'ai fait mon entraînement après l'école devant la glace du salon. J'ai articulé des vieux prénoms comme Jeanine et Huguette parce que la maîtresse est assez vieille. Tout d'un coup, j'ai entendu ma sœur Boubouillasse qui hurlait dans le couloir :

– Qui m'a pris mon magnétophone ?

Elle est entrée dans le salon et elle m'a vue :

– C'est toi qui m'as pris mon magnéto ?

J'ai crié encore plus fort qu'elle :

— Tu arrêtes d'accuser sans preuve ! D'abord, c'est rangé n'importe comment chez toi... Tu n'as qu'à mieux chercher !

Boubouillasse m'a jeté un sale regard, mais elle n'a rien trouvé à répondre. Côté mensonge, j'ai déjà un super entraînement.

3

NOTRE LANGAGE CODÉ

J'ai un carnet spécial espionnage où j'écris tous les secrets que je découvre. Par exemple, j'ai écrit que ma sœur a caché un rouge à lèvres sous son classeur de technologie.

Sur notre maîtresse, madame Maillard, je connais aussi un secret. Je sais qu'elle mange des biscottes parce qu'une fois je l'ai vue à notre boulangerie et elle a acheté des biscottes.

Mais quand on a un secret, on doit l'écrire en langage codé.

J'ai un langage codé que j'ai appris à mes espions pendant la récréation. Il faut prendre un dictionnaire et écrire le mot après le mot qu'on veut écrire.

— Hein ? C'est quoi ? a fait Emmanuel, celui qui est lent du cerveau.

J'ai ouvert mon dictionnaire qui est plutôt celui de ma sœur et j'ai cherché à « madame ». Après « madame », on trouve le mot « madapolam » dans le dictionnaire. Donc, il faut écrire en langage codé : « madapolam Maillard ». « Manger », il faut le remplacer par « mangetout ».

— Et pour dire « des biscottes » ? a demandé Mehdi.

On a passé toute la récréation rien que pour écrire une phrase en langage codé. Finalement, à la place de « Madame Maillard mange des biscottes », j'ai écrit :

Pendant qu'on s'entraînait au langage codé, Jean-Jacques surveillait les maîtresses de garde, avec l'engin de vision rapprochée. J'ai demandé :

— Tu arrives à lire sur les lèvres, maintenant ?

— Pas beaucoup, a dit Jean-Jacques.

Angelo lui a pris l'engin de force en disant :

— Tu es trop nul. Laisse faire le spécialiste.

Il a mis l'engin de vision rapprochée devant ses yeux et il a fait semblant de comprendre la conversation de madame Maillard avec Évelyne, la maîtresse des CE2. Il a pris une voix de dame et il a dit :

— « Mais non, Évelyne, je vous jure, c'est pas moi qui ai pété. C'est la directrice. »

NOTRE LANGAGE CODÉ

Tous mes espions rigolaient comme des grosses baleines. Je me suis approchée d'Angelo et je lui ai donné un bon coup de dictionnaire sur le bras. Il a laissé tomber mon engin et il a hurlé :

— Mais tu n'es pas bien, toi ? Tu veux que je te démonte ?

L'ESPIONNE FONDE SON CLUB

Il a lancé son pied en l'air pour faire de la boxe thaïe et j'ai reçu un super coup dans le ventre. Alors, Grégory numéro 1 et Grégory numéro 2 sont venus à mon secours. Ils ont tapé Angelo et Angelo s'est enfui. C'est comme ça qu'Angelo est devenu mon ennemi juré.

L'ESPIONNE FONDE SON CLUB

Le soir, dans mon carnet d'espionnage, j'ai écrit : « S'inscrire à un club de boxe thaïe. » À ce moment-là, ma sœur a donné un coup de pied dans ma porte pour entrer. Parole ! Elle doit s'entraîner à la boxe thaïe en secret. Elle a hurlé :

— J'ai plus mon dictionnaire !

J'ai répondu tranquillement :

— Il est sous ton magnétophone.

NOTRE LANGAGE CODÉ

Ma sœur a commencé à tout soulever, mes oreillers, ma couette, mes poupées. Je criais :

— Mais tu arrêtes, tu arrêtes !

Elle n'a rien trouvé du tout. Son dictionnaire était dans mon cartable et le magnéto dans mon casier à l'école.

L'ESPIONNE FONDE SON CLUB

Dans mon carnet d'espionnage, j'ai écrit : « Ma sœur est une imbécile » en langage secret. Ça donnait : « Maboul sœurette estacade unanime imbécilement. » Puis j'ai enlevé « sœurette » et j'ai mis « Angelo » à la place. Ça lui apprendra.

4

MON ENNEMI JURÉ

Pendant tout le week-end, j'ai réfléchi aux moyens de découvrir le prénom de madame Maillard. J'étais sûre qu'Angelo chercherait à le savoir avant moi. Je n'allais tout de même pas fouiller dans le sac de la maîtresse pour trouver sa carte d'identité !

L'autre solution, ce serait d'interroger Évelyne. C'était ma maîtresse en CE2. Mais elle me trouverait bien curieuse et il ne fallait pas qu'elle se doute que je suis espionne.

L'ESPIONNE FONDE SON CLUB

Le lundi, en arrivant à l'école, je ne savais toujours pas quoi faire. Angelo est entré sous le préau presque en même temps que moi. On s'est regardés sans rien se dire.

À la récréation de dix heures, Évelyne était la maîtresse de garde. J'ai vu Angelo qui s'approchait d'elle et j'ai eu un soupçon. Il allait lui demander le prénom de madame Maillard. Vite, je me suis approchée d'Évelyne.

À ce moment-là, notre maîtresse est passée dans la cour et Évelyne lui a fait un signe de la main :

— Au fait… bonne fête !

Madame Maillard s'est mise à rire :

— Tu es bien la seule à y avoir pensé !

Angelo et moi, on s'est regardés, toujours sans rien se dire. On était le 18 février et c'était la fête de madame Maillard. Angelo a eu un mauvais sourire. Il avait un plan. Mais j'avais le même que lui.

Il y a un calendrier dans notre classe, près du tableau. Il suffisait de regarder la sainte du jour. J'ai vu Angelo qui partait comme une flèche. Horreur ! Il allait remonter en classe et avoir l'information avant moi. J'ai complètement oublié que c'est interdit d'aller en classe pendant la récréation et j'ai couru derrière lui.

5

C'EST MA FÊTE !

Notre classe est au deuxième étage. J'étais tout essoufflée en entrant. Enfer ! Angelo était déjà arrivé. Il était près du calendrier et il a crié :

— Bonne fête, Bernadette !

La maîtresse s'appelle Bernadette Maillard. J'ai crié :

— Je m'en fiche ! De toute façon, tu n'es plus espion !

Il s'est approché de moi et j'ai compris qu'il allait me refaire le coup de la boxe thaïe. Je me suis sauvée dans l'escalier et il a couru derrière moi.

— Mais qu'est-ce que c'est que cette cavalcade ?
a fait une grosse voix
au premier étage.

C'était madame Maillard.

— D'où sortez-vous, tous les deux ?

J'ai ouvert la bouche pour faire un mensonge. Mais madame Maillard ne m'a pas laissée parler.

— C'est interdit d'aller dans les classes pendant les récréations ! Vous me le copierez cent fois, tous les deux.

On est redescendus avec la maîtresse et elle nous a fait mettre au coin dans la cour, avec les mains sur la tête. C'était vraiment une punition de bébé et j'avais super la honte. Je me suis dit que l'espionnage, ça rapporte plus d'ennuis que de secrets et que j'allais arrêter d'espionner.

J'ai regardé un peu sur le côté pour voir la tête que faisait Angelo. Il me regardait aussi. Il a cligné de l'œil. Il a dit :

— Hé, Bernadette, c'est toi qui pètes ?

C'EST MA FÊTE !

J'ai essayé d'étouffer mon rire et j'ai fait : « ppfff ». Angelo a répété :

— Tu pètes, Bernadette ?

Je me suis mise à rire. Je ne pouvais plus m'arrêter. C'est mon ennemi juré, Angelo. Mais franchement, il est trop rigolo.

TROISIÈME ENQUÊTE
Où l'Espionne sauve la planète

« Moi, ça m'intéresse de sauver la planète parce que je veux faire espion quand je serai grande et j'ai remarqué que les espions sauvent souvent la planète. »

1

VINGT MINUTES
POUR SAUVER LA PLANÈTE

L e monsieur de « Sauvons la planète » est venu dans ma classe de CM1. Il nous a bien expliqué le coup de la pollution. Si on continue comme ça à brûler les forêts dans l'Amazonie et à jeter les papiers dans la cour de récré, on aura une planète toute caca !

L'ESPIONNE FONDE SON CLUB

Je résume parce que c'était très long et même, à la fin, je n'écoutais plus. Moi, ça m'intéresse de sauver la planète parce que je veux faire espion quand je serai grande et j'ai remarqué que les espions sauvent souvent la planète.

VINGT MINUTES POUR SAUVER LA PLANÈTE

Le monsieur a dit :

— Alors, les enfants, est-ce que vous voulez faire quelque chose pour votre planète ?

On a tous fait « ouiiii ! » comme à Guignol.

— Eh bien, lundi prochain, c'est la journée « Plage propre » dans toute la région et votre classe ira nettoyer la plage du Grand Crohot.

Il s'est tourné vers notre maîtresse :

— N'est-ce pas, madame Maillard ?

Madame Maillard a dit que oui et que c'était dans son programme sur la citoyenneté. Bref, tout le monde était d'accord pour sauver la planète, lundi.

À la récréation de la cantine, j'ai réuni mon club d'espions parce que, moi aussi, j'avais un programme pour lundi. J'ai annoncé :

— On va désamorcer la bombe atomique parce que ça aussi, c'est hyper dangereux pour la planète.

Ça ne va pas être trop facile parce qu'il y a des absents dans mon club, à cause de la varicelle. On n'est que quatre en me comptant.

Angelo a demandé :

— Elle est au Grand Crohot, ta bombe atomique ?

VINGT MINUTES POUR SAUVER LA PLANÈTE

Je n'ai pas compté Angelo dans les quatre parce qu'il ne fait plus partie de mon club depuis qu'il m'a tapée. Mais je le garde parce qu'il est rigolo et qu'il a des cheveux en hérisson avec du gel. J'ai répondu :

— La bombe est cachée sous le sable. Il faut la retrouver.

— Mais c'est plein de sable, au Grand Crohot ! a dit Emmanuel.

— T'en fais pas, a dit Angelo, j'apporterai ma grande pelle.

L'ESPIONNE FONDE SON CLUB

Angelo est rigolo mais ce n'est pas un vrai espion. Moi, j'ai fabriqué un engin pour détecter les bombes. C'est un compteur Geiger* antiatomique. Je l'ai fait avec une boîte de biscuits que j'ai percée avec une aiguille à tricoter.

* Cet instrument permet d'évaluer la radioactivité d'un objet, et donc de savoir si cet objet émet des rayonnements dangereux.

VINGT MINUTES POUR SAUVER LA PLANÈTE

L'aiguille à tricoter, c'est le radar de détection des bombes. Dans la boîte, j'ai mis le minuteur de la cuisine. On tourne le minuteur jusqu'à 20 et il fait « tic tic » dans la boîte pendant vingt minutes. Quand le minuteur sonne, si on n'a pas désamorcé la bombe, elle explose et toute la planète avec. Alors, on avait intérêt à trouver la bombe, lundi.

2

LE JOUR J

Le lundi matin, j'ai mis mes affaires d'espionnage dans le sac de pique-nique. J'ai pris ma boussole qui est plutôt celle de ma sœur, des lunettes noires pour l'incognito*, mon compteur Geiger antiatomique et des rations de survie pour tout le club.

* Pour ne pas être reconnue.

Maman a dit en soulevant mon sac :

— Mais c'est lourd comme tout. Et qu'est-ce qui fait « tic tic » ?

Le Geiger s'était mis en route tout seul. J'ai dit :

— C'est des Tic Tac à l'orange.

— ... qui font « tic tic » ?

— Non, « tic tac ». Bisou, maman !

J'ai pris mon sac et je me suis sauvée avant que maman ne fouille dans mes affaires. Elle est un peu espionne sur les bords.

LE JOUR J

Toute l'école allait en autocar au Grand Crohot pour nettoyer la plage. On devait se mettre en rang devant notre autocar. J'ai rassemblé mes espions, les deux Grégory et Emmanuel, plus Angelo qui n'est pas espion. Je voulais me mettre à côté de lui pour la route, mais la maîtresse a dit :

— Angelo, tu te mets devant, à côté de moi.

Grégory a fait tout bas :

— Elle est amoureuse de lui ou quoi ?

Emmanuel a répondu :

— Je crois plutôt que c'est pour l'empêcher de faire le clown.

On n'écoute pas Emmanuel, en général. Si on croit à ce qu'il dit, la vie devient toute raplatie.

Pendant la route, madame Maillard nous a fait chanter « Alouette, gentille alouette » et Angelo se tournait vers nous pour nous faire la tête de l'alouette quand on lui plume les ailes, ou quand on lui plume les pattes. La maîtresse n'arrêtait pas de lui donner des tapes.

LE JOUR J

À la fin de la chanson, Angelo s'est levé et a mis les mains sur ses fesses en faisant « Couac ! » parce qu'on lui plume la queue. Tout le monde a rigolé et la maîtresse a fait rasseoir Angelo en lui tirant le bras. Elle a dit :

— Mais il a le diable au corps, cet enfant !

En descendant du car, madame Maillard a fait un signe à Évelyne, la maîtresse des CE2, et elle lui a dit en riant :

— C'est vraiment temps que je prenne ma retraite !

Puis, elle nous a attrapés par le blouson un par un en nous faisant passer devant elle pour nous compter :

— 22, 23, 24, a-t-elle crié à Évelyne. 24 dont un qui compte pour deux !

Le monsieur de « Sauvons la planète » était là.

Il nous a distribué des sacs en plastique pour qu'on mette les ordures dedans.

— Ne vous éloignez pas trop ! a dit la maîtresse.

On s'est regardés, mes espions et moi, et on a commencé à s'éloigner.

3
L'HEURE H

Au début, on a fait semblant de ramasser des bouteilles en plastique et plein de cochonneries dégoûtantes. Angelo enfonçait un bâton dans les méduses crevées en criant :

— Ah, ah, meurs, rascal ! Je suis Planétorman !

J'ai sorti mon compteur Geiger antiatomique et j'ai dit à mes espions qu'on allait chercher la bombe.

— J'ai des pétards, a dit Angelo en jetant son bâton.

J'ai répondu :

— On s'en fiche. On n'a que vingt minutes pour trouver la bombe.

Et j'ai mis mon minuteur sur 20.

— Tu as quoi comme pétard ? a demandé Grégory numéro 1.

— Des bisons 3.

L'HEURE H

Angelo a sorti un pétard de sa poche et il a pris une voix comme s'il était le chef :

— On va se cacher pour le faire péter.

J'ai crié :

— Mais ce n'est pas ça, notre mission ! Dans vingt minutes, la planète va exploser !

L'ESPIONNE FONDE SON CLUB

Mes espions n'ont rien écouté du tout et ils se sont sauvés derrière une dune. Je les ai suivis, mais j'étais furieuse. Mon compteur Geiger faisait « tic tic » et on n'avait plus que quinze minutes. Angelo a enfoncé son pétard dans le sable en laissant dépasser la mèche et il l'a allumée avec un briquet.

— Tirez-vous, les mecs !

Je ne suis pas un mec, mais j'ai couru aussi et je me suis aplatie dans le sable. Baoum !

— Ouais, ouais, super ! ont fait les Grégory.

Tu en as un autre ?

L'HEURE H

Horreur ! Il en avait plein. La maîtresse a raison. Il a le diable
au corps, Angelo, et on ne peut rien faire d'intelligent quand il est
là. Il ne restait plus que dix minutes pour sauver la planète. Baoum !
Encore un bison d'explosé.

— Encore ! Encore !

J'ai hurlé :

— Vous êtes tous des gros nuls ! Je vous chasse de mon club !

— Elle est en pétard, a rigolé Angelo en enfonçant un autre bison dans le sable.

Je ne sais pas ce qui m'a pris, mais je lui ai donné un coup de pied dans le derrière. Il a fait « Couac ! » en mettant les mains sur ses fesses. Oh là là ! J'avais oublié qu'il faisait de la boxe thaïe ! Il s'est relevé et j'ai pensé : « Je suis cuite. » Le minuteur a fait « driiing ».

— Tu as de la chance que la planète ait sauté, a dit Angelo.

Il ne voulait pas me taper, en fait.

4

EN DANGER DE MORT

Soudain, Emmanuel a demandé de sa voix de pleurnichard :
— Où est-ce qu'elle est, la maîtresse ?
On a regardé autour de nous. Il n'y avait personne. On est montés
en haut de la dune et on a regardé au loin. Rien. Juste un voilier.

— On est perdus, a fait Grégory numéro 1 d'une drôle de voix.

Emmanuel a appelé comme s'il était en train de se noyer :

— Maîtresse ! Maîtresse !

— Il faudrait tirer une fusée de détresse, a dit Grégory numéro 2.

— J'ai que des pétards de détresse, a répondu Angelo.

Mais on n'avait plus envie de rigoler. J'ai réfléchi à mes affaires d'espionnage. Le compteur Geiger ne pouvait pas beaucoup nous

servir. Mais j'avais aussi mis la boussole dans ma poche. Je l'ai regardée et j'ai dit :

— Le nord, c'est par là.

Mais ça ne nous aidait pas tellement.

— On va mourir de faim, a pleurniché Emmanuel.

Là, j'ai prouvé que je pensais vraiment à tout. J'ai dit :

— J'ai emporté des rations de survie.

— C'est quoi ? ont demandé les Grégory.

Je les ai sorties de mes poches. C'étaient des barres caramel-chocolat et il y en avait une par personne. Comme on était très affaiblis, on les a mangées.

— Tu as de l'eau ? m'a demandé Angelo.

Enfer ! J'avais oublié l'eau, et les barres caramel-chocolat, ça donne hyper soif.

— On va mourir de soif, a pleurniché Emmanuel.

J'ai dit :

— Il y a quand même toute l'eau de mer…

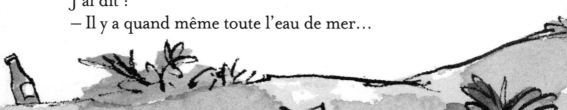

— C'est ça, va boire, m'a répondu Angelo.

J'ai dit :

— C'est possible avec un engin à retenir le sel. Je peux en fabriquer un avec une passoire.

Emmanuel s'est mis carrément à pleurer parce qu'il n'y avait pas de passoire sur la plage. Et c'était vrai. Il y avait plein de cochonneries, mais pas une seule passoire.

Angelo a décidé :

— On va marcher droit devant en s'éloignant de la mer. On finira bien par rencontrer quelqu'un.

— Mamaaan ! a sangloté Emmanuel.

C'était horrible. J'ai cru qu'Angelo allait pleurer, lui aussi. Mais il a juste fait sa grimace d'alouette qu'on plume et il a tendu le bras vers moi.

J'ai regardé sans comprendre. Il a claqué des doigts et j'ai compris. C'était pour que je lui prenne la main. On s'est éloignés droit devant en balançant nos mains, et les autres ont suivi. Dans un sens, c'était un drame affreux. Dans un autre sens, j'étais assez contente.

5

UNE QUESTION DE VIE OU DE MORT

On a marché longtemps. Dans les cinq ou dix minutes. Et soudain, Grégory numéro 1 a crié :

— Là, nos sacs !

Il y avait nos sacs de pique-nique sous un pin. Emmanuel a couru vers son sac et il l'a serré sur son cœur comme si c'était sa mère. Notre car était là aussi.

— Attention, a dit Angelo, la mère Maillard ne nous a pas repérés. Il faut rejoindre les autres discrétos.

Madame Maillard était en train de bavarder avec Évelyne, et tous les enfants de l'école pique-niquaient sous les arbres.

— On n'était pas partis très loin, finalement, a dit Emmanuel.

— Il me reste un bison, a ajouté Angelo.

Il est allé le faire péter derrière l'autocar pour faire croire au chauffeur que son pneu avait éclaté. Madame Maillard l'a aperçu quand il s'est sauvé après le « baoum ». Elle a crié :

— Viens ici, Angelo ! Viens ici, tout de suite !

Elle l'a secoué par son blouson et elle lui a dit de rester à côté d'elle.

La maîtresse n'est peut-être pas amoureuse d'Angelo. Mais j'étais quand même jalouse. Et ça, j'y ai repensé, le soir, après le dîner.

Quand je suis espionne, Angelo est mon ennemi. Il fait exprès de tout faire rater. Si j'arrête l'espionnage, Angelo ne sera plus mon ennemi. Mais je n'ai pas envie d'arrêter l'espionnage parce que je veux être espionne plus tard… Je tournais et retournais ça dans ma tête. Mais je ne voyais pas de solution.

Soudain, j'ai pensé à mon frère, Noël. Il s'y connaît beaucoup en amour et il a dix-neuf ans.

Je suis allée frapper à la porte de sa chambre. Il a eu l'air étonné.

— Tu ne dors pas, miss ?

— Je n'y arrive pas.

— Tu as un problème ?

Je me suis assise sur son lit.

— Dis, Noël, est-ce qu'on peut être amoureuse de son ennemi ?

Mon frère m'a regardée. J'ai ajouté :

— Attention ! C'est une question de vie ou de mort.

Noël a mis la tête entre ses poings pour réfléchir. Puis il m'a encore regardée. Puis il a encore réfléchi.

À la fin, j'ai fait « driiing » comme le minuteur. J'ai demandé :
— C'est quoi, la réponse ?
— C'est oui, a dit Noël.
Je lui ai fait mon sourire spécial de fille et j'ai dit :
— Ouf, merci !

QUATRIÈME ENQUÊTE
Où l'Espionne joue à l'espion

« J'ai eu l'idée de me déguiser pour faire agent double. Un agent double, c'est un espion qui a deux noms, deux femmes et deux maisons. C'est comme être divorcé, mais en plus dangereux. »

1

MA TROUSSE D'ESPIONNAGE

Dans ma trousse d'espionnage, il y a :
— une petite bouteille avec du lait pour écrire des messages invisibles,
— une loupe pour trouver des empreintes de crime,
— un bouchon et des allumettes pour se faire des moustaches au bouchon brûlé,

— une clef passe-partout pour passer partout,

— une boussole pour retrouver la maison quand les méchants vous abandonnent dans la jungle…,

— et je cherche d'autres idées parce que ma trousse est trop raplapla.

J'ai aussi un carnet spécial espionnage, où j'ai écrit à qui j'ai emprunté les choses. La loupe est à papa. Les allumettes sont à la cuisine. La boussole est à ma sœur Boubouillasse, celle qui a treize ans et pas d'amoureux.

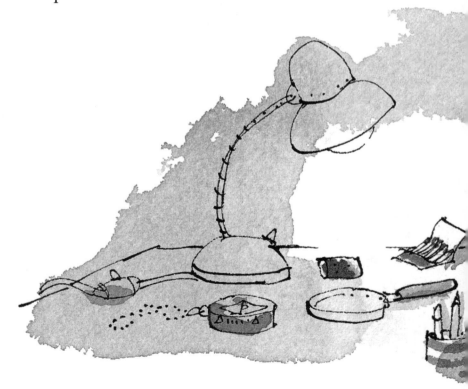

MA TROUSSE D'ESPIONNAGE

La trousse est à mon frère Noël, celui qui a dix-neuf ans et beaucoup trop d'amoureuses. La clef est à personne. Je l'ai trouvée par terre dans notre escalier.

Au dîner, papa a dit :

— C'est incroyable, cette maison ! Tout disparaît...

Maman a soupiré :

— Qu'est-ce que tu as encore perdu ?

— Mais ma loupe !

— Achète-toi des lunettes.

— C'est intelligent, comme réponse ! a bougonné papa.

Pour changer la conversation, j'ai dit :

— Vous avez vu les nouveaux voisins ?

MA TROUSSE D'ESPIONNAGE

— Non, je ne les ai pas vus, a bougonné papa. Il me faut ma loupe.

— Agent 007, décrivez-nous les nouveaux voisins, a réclamé mon frère.

Noël m'appelle 007, comme James Bond, parce que je veux faire le même métier que lui. J'avais un peu espionné les voisins, et j'ai répondu :

— C'est une famille normale avec un père, une mère, une fille et un garçon.

— Rien de suspect ? a demandé papa en rigolant.

Justement, si, j'avais remarqué quelque chose de suspect. Je l'avais écrit dans mon carnet d'espionnage. Mais on ne doit jamais dire ses secrets d'espion.

— Non, non, rien de suspect. C'est des gens normals.

Boubouillasse s'est mise à rire en répétant : « Des gens *normals*, ha, ha, des gens *normals* ! » Ce n'est pas parce que c'est ma sœur, mais, franchement, c'est une grosse cloche.

2

LA VIEILLE DAME CASSÉE

J'ai fait un club d'espions avec des garçons de ma classe de CM1.
Ce mercredi, je les ai réunis à la maison. J'ai fait l'appel.
— Mehdi ?
— Présent.
— Grégory numéro 1 ?
Il était absent, et Jean-Jacques aussi.

Bref, il n'y avait que Grégory numéro 2, Mehdi et Emmanuel. Il y avait aussi Angelo. Je l'ai exclu de mon club parce qu'il m'a donné un coup de pied de boxe thaïe. Mais, comme il est rigolo, je l'invite quand même chez moi.

— Alors, a demandé Angelo, qu'est-ce qu'ils ont de bizarre, tes voisins ?

J'ai ouvert mon carnet d'espionnage, et j'ai lu : « Ils ont une vieille dame chez eux qui est toute cassée et qui marche avec deux cannes. »

LA VIEILLE DAME CASSÉE

— Ben, c'est leur mamie, a dit Emmanuel.

J'ai haussé les épaules. Je sais ce que c'est, une mamie. J'en ai une. Elle n'est pas cassée du tout, et elle prend l'escalier au lieu de l'ascenseur pour faire son sport. Emmanuel a continué de dire des bêtises, du style :

— Oui, mais ma mamie, elle a du mal à marcher...

J'ai fait « tralalala » en me bouchant les oreilles pour ne pas l'écouter.

— Il y a des grand-mères qui sont très vieilles...

— Tralalala...

Je chantais en me bouchant les oreilles. Ma sœur me fait ça des fois, et c'est très énervant.

— Et c'est quoi, la mission du club ? a demandé Angelo.

— Il faut délivrer la vieille dame. Je pense qu'elle a des microfilms dans ses cannes.

— Mais c'est leur mamie, a dit Emmanuel d'une voix de pleurnichard.

— Couché, Rantanplan, a fait Angelo.

C'est comme ça qu'il appelle Emmanuel parce qu'il le trouve un peu lent du cerveau.

On a décidé qu'on allait surveiller les allées et venues des voisins dans l'escalier.

— Mais comment on va faire pour délivrer la vieille ? a demandé Mehdi.

Là, j'ai prouvé que je pensais vraiment à tout. J'ai dit : « Avec ça ! » en montrant la clef que j'avais trouvée dans l'escalier.

3

PRISE À MON PIÈGE

Avant d'aller espionner dans l'escalier, j'ai pris mon appareil photo, qui est plutôt celui de ma sœur. Puis, j'ai eu l'idée de me déguiser pour faire agent double. Un agent double, c'est un espion qui a deux noms, deux femmes et deux maisons. C'est comme être divorcé, mais en plus dangereux. J'ai mis des lunettes noires, et j'ai rangé mes cheveux à l'intérieur d'une casquette. On ne me reconnaissait presque plus. Mon grand frère nous a vus au moment où on allait tous sortir. Il a crié :

— Hé là ! Où allez-vous comme ça ?

J'ai dit :

— Juste sur le palier, Noël. C'est pour espionner.

J'ai joint les mains :

— Dis oui, dis oui…

PRISE À MON PIÈGE

Noël n'avait pas l'air décidé. Le mercredi après-midi, c'est lui qui doit me garder. Il a dit :

— Elle a quel âge, la fille des voisins ?

J'ai compris ce qu'il fallait répondre :

— Elle a ton âge. Elle est super belle. Je te fais des photos ?

— Tope ! Mais vous n'allez pas dans la rue...

On a topé. Avec Noël, c'est toujours possible de s'arranger. Lui, pour les filles, il est au moins agent triple.

On s'est retrouvés dans l'escalier et on est descendus en file indienne.

L'ESPIONNE FONDE SON CLUB

Il y a un petit renfoncement dans le mur entre les deux étages, avec une fenêtre. De là, on peut surveiller la rue et le palier d'en dessous. J'ai pris l'appareil photo, et j'ai photographié la porte des voisins. Au même moment, enfer ! la porte s'est ouverte.

— Eh bien, il y en a, des petits garçons, ici, a dit la voisine. Alex qui avait peur d'être le seul petit gars de la maison... Bonjour, les enfants !

On a dit : « Bonjour, madame. »

PRISE À MON PIÈGE

— Vous êtes tous de l'immeuble ? a continué la voisine en mon-
tant quelques marches vers nous.

J'ai dit :

— Non, juste moi.

— Tu as l'air d'avoir l'âge de mon garçon. Tu aimes les jeux vidéo,
le foot ?

Là, j'ai compris qu'elle croyait que j'étais un garçon à cause de
mes cheveux dans la casquette. J'ai pris un air de garçon, et j'ai dit :

— Ouais, j'aime bien le foot. Et la boxe thaïe.

– Oh ! a dit la maman. J'espère que tu n'es pas trop bagarreur. Mon Alex est très calme. Comment tu t'appelles ?

– Romarin.

C'est parce que, en vrai, je m'appelle Romarine, et je trouve que ça fait crâneuse. Mes espions n'ont rien dit quand j'ai donné mon faux nom. Il y a juste Emmanuel qui a demandé : « C'est vrai ? »

– Alex rentrera du conservatoire vers dix-huit heures, a dit la dame. Il pourra te rencontrer, Romarin ?

J'ai hoché la tête, et c'est là que j'ai compris que ma vie allait devenir très compliquée.

4

MON FANTÔME

Il n'était plus question d'espionner les voisins. Je devais me lancer à fond dans ma vie d'agent double. J'ai expliqué à mes espions :

— Je vais perfectionner mon camouflage en garçon.

— Ça veut dire quoi ? a demandé Emmanuel.

— Qu'on range ma chambre.

On a fait disparaître toutes mes poupées sous mon lit. J'ai mis au fond du placard tout ce qui est rose, mes coussins, mes chaussettes, mon taille-crayon. Angelo a demandé :

MON FANTÔME

— Et ton réveil avec Minnie qui fait l'heure ? Ça pue la fille, hein ?

Je lui ai jeté un regard mauvais, et j'ai planqué Minnie dans un tiroir. Puis j'ai pensé à ma chemise de nuit Barbie sous la couette. Heureusement qu'il ne l'avait pas vue !

Après le rangement, j'ai demandé à mes espions :

— Est-ce qu'on dirait une chambre de garçon, maintenant ?

Ils ont tous fait : « Non ! » J'ai crié :

— Mais pourquoi ?

— C'est trop propre, a dit Angelo.

Alors, on a sali ma chambre en jetant des papiers par terre, en mettant des livres sur mon lit. J'ai laissé traîner un vieux pull troué, des chaussures de sport, ma raquette de tennis.

MON FANTÔME

On a mis du goûter partout. Déjà, c'était mieux. J'ai attendu que mes espions soient partis pour aller dans la salle de bains. J'ai fait des mouvements de boxe thaïe en me regardant dans la glace. Avec ma casquette, je ressemblais super bien à un garçon !

Quand on a sonné à la porte, j'ai couru à toute vitesse pour ouvrir. Mais ma sœur était arrivée avant moi. J'ai crié d'une voix de garçon :

– Laisse ! C'est pour moi !

C'était Alex. Je l'ai attrapé par la manche, et je l'ai poussé dans ma chambre. Il avait l'air un peu inquiet. J'ai mis les mains sur les hanches, et j'ai dit :

– Ouais, bon, alors, à quoi on joue ? Tu aimes la boxe thaïe ?

Il a fait une drôle de tête, puis il a dit d'une petite voix :

– Et c'est qui, Romarine ?

J'ai sursauté. Alex m'a expliqué :

– C'est ta sœur qui m'a dit : « Tu viens voir Romarine ? »

Mais de quoi elle se mêle, cette grosse cloche ! J'ai ouvert la bouche pour répondre. Vite, vite, un mensonge .

— Romarine, c'est ma sœur jumelle.

Alex a fait un grand sourire content :

— On peut jouer avec elle ? Justement, je connais un jeu de société à trois et…

— Non, ce n'est pas possible.

— Ah bon ? Pourquoi ?

J'ai ouvert la bouche. Vite, vite, un autre mensonge !

— Parce qu'elle est morte.

Alex a eu l'air très inquiet. Il a bredouillé :

— Mais… mais ta sœur…

Il m'énervait carrément. Je n'allais pas inventer des mensonges au kilomètre rien que pour ses beaux yeux ! J'ai crié :

— Oui, oui, ma sœur a dit : « Tu viens voir Romarine ? » Mais c'est parce que… parce qu'il y a le fantôme de Romarine dans l'appartement. Voilà.

MON FANTÔME

Alex avait des larmes dans les yeux. Il m'a dit d'une voix trem-
blotante :
— Je vais rentrer chez moi.

Bon débarras ! Je commençais à avoir trop chaud sous ma casquette.

Après son départ, j'ai bien réfléchi en m'allongeant sur mon lit avec les chaussures, comme les garçons. Je connais par cœur le métier d'espion. Mais je connais moins bien celui d'agent double. La base, c'est qu'il faut mentir tout le temps. On dit qu'on est chinoise quand on est russe ; et quand on est une fille, on se fait passer pour un garçon. Donc, si on est une fille russe, on se déguise en garçon chinois.

5

TRAHISON !

Au début, maman n'a pas été d'accord pour que je coupe mes cheveux :

— Mais tu as de si jolis cheveux…

Je ne pouvais pas lui dire que je devais tout le temps porter une casquette à cause des voisins du dessous qui me prenaient pour un garçon.

— Et pourquoi tu ne veux plus mettre de robe ?

— Mais, maman, les garçons…

Houps ! J'allais dire que les garçons ne portent pas de robe. Je me suis rattrapée à temps :

— Les garçons t'embêtent quand tu es en robe…

Finalement, je suis allée me faire couper les cheveux tout court.

— Oh, quel massacre ! a fait papa quand je suis revenue du coiffeur.

Comme fille, j'étais atroce. Mais comme garçon, j'étais très bien.

TRAHISON !

Le samedi, maman avait invité ma mamie, celle qui fait son sport dans l'escalier.

Elle m'a dit :

— Et tu t'habilles un peu gentiment pour mamie. Ta petite jupe en jean et ton chemisier blanc.

L'ESPIONNE FONDE SON CLUB

Je me suis habillée en fille, et je suis allée me regarder dans la glace du salon. Avec mes cheveux de garçon, ça faisait tout bizarre. J'ai tiré sur mes petites mèches au-dessus des oreilles comme si je pouvais les rallonger. Ça m'a fait venir des larmes dans les yeux.

TRAHISON !

En vrai, je n'aimerais pas du tout être un garçon. J'ai entendu quelqu'un qui claquait de la langue dans mon dos. C'était Noël, qui me regardait aussi.

Il a dit :

— D'enfer, ton look à la garçonne ! Tu vas refuser des amoureux, ma petite vieille…

Je lui ai décoché mon sourire spécial fille. J'étais assez contente. Une garçonne, c'est encore mieux qu'un agent double.

Mais, à midi, horreur ! maman s'est aperçue qu'elle avait oublié le pain, et elle m'a demandé d'aller en chercher. J'ai crié en lui montrant ma jupe :

— Comme ça ?

— Mais oui, « comme ça », a répondu maman. Où est le problème ?

Évidemment, le problème, c'était que je risquais de rencontrer la mère d'Alex dans l'escalier. Pour elle, j'étais Romarin. J'ai couru dans ma chambre, et j'ai remonté ma jupe en boule sous le chemisier. J'ai passé un pantalon, et j'ai caché le chemisier blanc sous un vieux pull bleu. J'avais l'air d'un gros tonneau. Là, c'étaient les amoureux qui allaient me refuser !

Vite, je me suis faufilée jusqu'à la porte et j'ai descendu le premier étage. J'ai failli me cogner dans une dame sur le palier d'en dessous.

— Eh là, attention, je n'ai pas l'âge de jouer aux autos tamponneuses !

C'était la vieille dame toute cassée. J'ai pris ma voix de garçon :
— Excusez, m'dame, je vous avais pas vue !

TRAHISON !

La vieille dame m'a demandé :

— C'est toi, la petite du dessus qui raconte des histoires de fantôme à mon petit-fils ?

Enfer et trahison ! Qui a dit aux voisins du dessous que j'étais une fille ?

L'ESPIONNE FONDE SON CLUB

Le lundi, j'ai annoncé à mon club d'espions qu'il y avait un traître parmi nous. Qui avait appris à la vieille dame cassée que j'étais une fille ?

— Mais c'est que tu es vraiment une fille, a dit Emmanuel.

Celui-là, il faudra qu'on se cotise pour lui racheter un cerveau. Angelo a ajouté :

— Personne n'a trahi. Tu n'as pas l'air d'un garçon, c'est tout.

J'étais furieuse. C'était bien la peine que je me coupe les cheveux ! J'ai crié :

— Vous êtes tous des grosses cloches ! Si c'est ça, j'arrête d'être un espion !

Mais je continue d'être une espionne. Vive les garçonnes !

Dans la collection Estampillette

Cendorine et les dragons
de Patricia C. Wrede
Illustré par Yves Besnier

Cendorine contre les sorciers
de Patricia C. Wrede
Illustré par Yves Besnier

Mark Logan
de Claire Paoletti
Illustré par Diane Le Feyer

Mignus Wisard
et le secret de la maison Tramblebone
de Ian Ogilvy
Illustré par Éric Héliot

Voici Lola !
d'Isabel Abedi
Illustré par Isabelle Maroger